二人の稚児

谷崎潤一郎＋夜汽車

初出：「中央公論」1918年4月

谷崎潤一郎

明治19年（1886年）東京生まれ。東京帝国大学国文科中退。在学中に同人雑誌「新思潮」（第二次）を創刊し、「刺青」などを発表する。代表作に、『痴人の愛』『春琴抄』『細雪』『陰翳礼讃』などがある。「乙女の本棚」シリーズでは本作のほかに、『刺青』（谷崎潤一郎＋夜汽車）、『魔術師』（谷崎潤一郎＋しきみ）、『秘密』（谷崎潤一郎＋マツオヒロミ）がある。

夜汽車

イラストレーター。少女を描くことと19世紀末の挿絵画家を好む。懐かしいような落ちついた雰囲気のイラストを目標に制作している。著書に『人でなしの恋』（江戸川乱歩＋夜汽車）、『刺青』（谷崎潤一郎＋夜汽車）、『夜長姫と耳男』（坂口安吾＋夜汽車）、『おとぎ古書店の幻想装画』、『Illustration Making & Visual Book 夜汽車』がある。

二人の稚児《ちご》は二つ違いの十三に十五であった。年上の方は千手《せんじゅ》丸《まる》、年下の方は瑠璃光丸《るりこうまる》と呼ばれて居た。二人は同じように、まだ頑是ない時分から女人禁制《きんぜい》の比叡の山に預けられて、貴い上人の膝下《ひざもと》で育てられた。千手丸は近江の国の長者の家に生れたのだそうであるが、或る事情があって、この宿房へ連れて来られたのは四つの歳のことである。瑠璃光丸は某《それがし》の少納言の若君でありながら、やはり何かの仔細があって、ようよう乳人《めのと》の乳を離れかけた三つの歳に、都を捨てて王城鎮護の霊場に托せられたのである。二人は勿論、そう云うはなしを誰からともなく聞かされては居るものの、自分たちに明瞭な記憶があるのでもなく、たしかな證拠があると云う訳でもない。自分たちには父もなく母もなく、ただこれまでに丹精して養うて下された上人を親と頼み、佛《ほとけ》の道に志すより外はないと思って居た。

「お前たちは、よくよく仕合せな身の上だと思わなければなりませぬぞ。人間が親を恋い慕うたり、故郷に憧れたりするのは、みな浅ましい煩悩の所業であるのに、山より外の世間を見ず、親も持たないお前たちは、煩悩の苦しみを知らずに生きて来られたのだ。」と、折々上人から諭されるにつけても、二人は自分たちの境遇の有り難さを、感謝せずには居られなかった。上人のような高徳の聖《ひじり》でさえ、この山へ逃げて来られる以前には、有りと有らゆる浮世の煩悩に苦しめられて、その絆《きずな》を断ち切るまでに、長い間の観行《かんぎょう》を積まれたのだそうである。まして上人のお弟子の中には、朝夕経文の講釈を聴きながら、未だに煩悩を絶やす事が出来ないのを、歎《なげ》いて居る者が多勢あると云う。二人は世の中を知らないお蔭で、それほど恐ろしい煩悩と云う悪病に、罹《かか》らずに済んでしまうのである。煩悩を滅せば、やがて菩提《ぼだい》の果を證することが出来ると云うその煩悩を、始めから解脱《げだつ》して居る自分たちは、近いうちに稚児髷を剃り落して戒律を受けたなら、必ず師の御坊にも劣らぬような貴い出家になれるであろうと、それを楽しみに日を送っていた。

けれども二人は、子供らしい無邪気な好奇心から、煩悩の苦しみとやらに充ちて居る浮世と云うものがどんな忌まわしい国土であるか、そこに住みたいとは願わぬまでも、それについていろいろの想像を廻らして見る事はあった。上人を始め多くの先達《せんだち》の話に依れば、この穢《けがら》わしい世の中で、西方浄土の俤を僅かに伝へて居るところは、自分たちの居る山だけだそうである。山の麓から四方へひろがって、青空の雲につづいて居るあの広い広い大地、――あの大地こそは、経文のうちにまざまざと描かれて居る五濁《ごじょく》の世界であると云う。二人は四明が嶽の頂きから、互に自分の故郷だと聞かされている方角を瞰《み》おろしては、たわいのない夢のような空想を浮べずには居られなかった。或る時千手丸は近江の国を眺めやって、うす紫の霞の底に輝いて居る鳰海《におのうみ》を指《ゆびさ》しながら、

「ねえ瑠璃光丸、あすこが浮世だと云うけれども、そなたはかしこをどんな土地だと思うて居る。」

と、兄分らしいませた口調で、もう一人の稚児に云った。

「浮世は塵埃《ちりほこり》にまみれた厭《いや》な所だと聞いて居るが、ここから見ると、あの湖の水の面は、鏡のように澄んで居る。そなたの眼にはそう見えないだろうか。」

瑠璃光丸は、そんな愚かな質問をして、年上の友に笑われはせぬかと危ぶむように、恐る恐る云った。

「だが、あの美しい水の底には恐ろしい龍神が棲んで居るし、湖の縁《ふち》にある三上山《みかみやま》と云うところには、その龍よりももっと大きい蜈蚣《むかで》が棲んで居る事を、そなたは多分知らないのだろう。山の上から眺めると浮世はきれいに見えるけれども、降りて行ったらそれこそ油断のならぬ土地だと上人が仰っしゃったのは、きっとほんとうに違いない。」

こう云って、千手丸は口元に悧巧そうな笑みを洩した。

或る時は瑠璃光丸が、遥かな都の空を望んで、絵図をひろげたような平原に、蜿蜒《えんえん》と連なって居る王城の甍《いらか》をさし示しながら、

「ねえ千手丸、あすこも浮世に違いないが、かしこには、この寺の薬師堂や大講堂にも劣らない、立派な楼閣がありそうに見えるではないか、そなたはあの人家を何だと思う。」

と、不審らしく眉をひそめた。

蜈蚣

龍神

「あすこには、日本国を知ろしめす皇帝の御殿がある。浮世のうちでは、かしこが一番浄く貴い住まいなのだ。しかし人間があの御殿に住まえるような、十善の王位に生れるには、前世にそれだけの功徳を積まなければならないのだ。だからわれわれは、やっぱりこの山で修業をして、今生に出来るだけの善根を植えて置かなければなるまいぞ。」

こう云って、千手丸は年下の児を励ました。

だが、励ます方も、励まされる方も、これだけの問答では、容易に好奇心を満足させる訳には行かなかった。

上人の仰せに従えば、浮世は幻に過ぎないと云う。山の上から眺めた景色が、たとい美しそうに見えても、ちょうど水の面に映って居る月の光のようなもので、影に等しく泡に等しいものであると云う。――「あの、尾上《おのえ》の雲を見るがよい。遠くから眺めると雪のように清浄で、銀のようにきらきらと輝いて居るが、あの雲の中へ這入って見ると、雪でもなく銀でもなく、濛々とした霧ばかりである。お前たちは、この山の谷底から湧き上る雲の中に包まれた覚えがあろう。浮世はその雲と同じことだ。」――こう云って説明されると、成る程それで分ったような気はするが、やはり何となく物足りなかった。二人が分けても物足りなく感じたのは、浮世に住んで居る人間の一種で、総べての禍の源《みなもと》とされている女人《にょにん》と云う生物《いきもの》を見たことのない事であった。

「麿《まろ》がこの山へ登ったのは、三つの歳であったそうだが、そなたは四つになるまで在家《ざいけ》に居たと云うではないか。そんなら少しは浮世の様子を覚えて居てもよさそうなものだ。外の女人は兎に角として、母者人《ははじゃひと》の姿なりと、頭に残っては居ないか知らん。」

「まろは時々、母者人の俤を想い出そうと努めて見るが、もうちっとで想い出せそうになりながら、うすい帳《とばり》に隔てられて居るようで、懊《じ》れったい心地がする。まろの頭にぼんやり残って居るものは、生《なま》暖《あたたか》いふところに垂れて居た乳房の舌ざわりと、甘ったるい乳の香《かおり》ばかりだ。女人の胸には、男の体に備わって居ない、ふっくらとふくらんだ、豊かな乳房があることだけはたしからしい。ただそれだけがおりおりおもい出されるけれども、それから先は、まるきり想像の及ばない、前世《さきのよ》の出来事のようにぼやけて居る。………」

夜になると、上人のお次の部屋に枕を並べて眠る二人は、こんな工合にひそひそ話をするのであった。

「女人は悪魔だと云うのに、そんな優しい乳房があるのは不思議ではないか。」

こう云って瑠璃光丸が訝《あや》しめば、

「成る程そうだ、悪魔にあんな柔かい乳房がある訳はない。」

と、自分の記憶を疑うように、千手丸も首をかしげる。

二人は幼い頃から習い覚えた経文に依って、女人と云うものが如何に獰悪《どうあく》な動物であるかを、よく知って居る筈であった。しかし女人が、いかなる手段で、いかなる性質の害毒を流す物であるかは、殆ど推量する事が出来なかった。「女人最為二悪難一《にょにんはもっともあくなんをなすこといちなり》。縛《ばく》着牽レ人入二罪門一《じゃくしてひとをひいてざいもんにいる》」と云う優填王経《うてんおうきょう》の文句だの、「執レ剣向レ敵猶可レ勝《けんをとりてきにむかうはなおかつべし》、女賊害レ人難レ可レ禁《にょぞくひとをそこなうはきんずべきことかたし》」と云う智度論の文句から察すれば、女人は男子を高手小手に縛《いまし》めて、恐ろしい所へ曳き擦って行く盗賊のようにも考えられた。けれども又、

「女人は大魔王なり、能く一切の人を食う。」と、涅槃経に説かれた言葉に従えば、虎や獅子より更に巨大な怪獣のようでもあった。「一とたび女人を見れば、能く眼の功徳を失う。縦《たと》い大蛇を見るといえども、女人をば見るべからず。」と、宝積経《ほうしゃくきょう》に書いてあるのが本当であるとしたら、山奥に棲む蟒《うわばみ》のように、あの体から毒気を噴き出す爬虫類でもあるらしかった。千手丸と瑠璃光丸とは、さまざまの経文の中から、女人に関する新しい記事を捜して来ては、それを互に披露しあって、意見を闘わすのであった。

「そなたも麿《まろ》も、その恐ろしい女人を母に持って、一度は膝に掻き抱かれた事もあるのに、こうして今日《きょう》まで恙《つつが》なく育って来た。それを思うと、女人は猛獣や大蛇のように、人を喰い殺したり毒気を吐いたりする物ではないだろう。」

「女人は地獄の使なりと、唯識論に書いてあるから、猛獣や大蛇よりも、もっとすさまじい形相《ぎょうそう》を備えて居るのだろう。われわれが女人に殺されなかったのは、よほど運が好かったのだ。」

「だが、」

と、千手丸は相手の言葉を遮って云った。

「そなたは唯識論の、その先の方にある文句を知っているか。女《にょ》人地獄使《にんじごくし》、永断佛種子《ようだんぶちしゅし》、外面似菩薩《げめんじぼさち》、内心如夜叉《ないしんにょやしゃ》、――こう書いてある所を見ると、たとい心は夜叉のようでも、面《おもて》は美しいに相違ない。その證拠には、この間都から参詣に来た商人《あきうど》が、うっとりと麿の顔を眺めて、女子《おなご》のように愛らしい稚児だと独り語を云うたぞや。」

「まろも先達《せんだち》の方々《かたがた》から、そなたはまるで女子《おなご》のようだと、たびたびからかわれた覚えがある。まろの姿が悪魔に似て居るのかと思うと、恐ろしくなって泣き出した事さえあるが、何も泣くには及ばない、そなたの顔が菩薩のように美しいと云うことだと、慰めてくれた人があった。まろは未だに、褒められたのやら誹《そし》られたのやら分らずに居る。」

　こうして話し合えば話し合うほど、ますます女人の正体は、二人の理解を越えてしまうのであった。

大師結界の霊場とは云いながら、この山の中にも毒ある蛇や逞しい獣は棲んで居る。春になれば鶯が啼いて花が綻び、冬になれば草木が枯れて雪が降るのは、浮世と少しも変りがない。只異なって居るのは女人と云う者が一人も居ない事だけである。それほど佛に嫌われて居る女人が、どうして菩薩に似て居るのだろう。それほど容貌の美しい女人が、どうして大蛇よりも恐ろしいのだろう。

「浮世が幻であるとしたら、女人もきっと美しい幻なのだ。幻なればこそ、凡夫はそれに迷わされるのだ。ちょうど深山《みやま》を行く旅人が、狭霧《さぎり》の中に迷うように。」

いろいろ考え抜いた末に、二人はそう云う判断に到達した。美しい幻、美しい虚無、――それが女人と云うものであると、否でも応でも決めてしまわなければ、二人の理性はどうしても満足を得られなかった。

年下の瑠璃光丸の好奇心は、恰も幼児がお伽噺《とぎばなし》の楽園を慕うような、淡い気紛れなものであったが、年上の千手丸の胸に蟠《わだかま》って居るものは、好奇心と云う言葉では表わせないほどに強かった。夜な夜な彼と向い合って、すやすやと熟睡する瑠璃光丸の無心な寝顔を眺めては、自分ばかりが何故《なにゆえ》こうまで頭を悩ますのであろうと、彼は他人の無邪気さを羨まずには居られなかった。そうしてたまたま眼を潰《つぶ》れば、眼瞼《まぶた》のうちに種々雑多な女人の俤がありありと浮かんで、夜もすがら彼の眠を騒がせる。或る時は三十二相を具足する御佛の姿となって、紫磨金《しまごん》の光の中に彼を抱擁するかと見たり、或る時は阿鼻地獄の獄卒の相を現じて、十八本の角の先から燃え上る炎の舌で、刹那に彼を焼き殺すかと見たりする。そうして、悪夢に魘《うな》されてびっしょりと冷汗を掻き、瑠璃光丸に呼び醒まされて、蓐《しとね》の上に飛び起きる事などもある。

「そなたは今しがた、妙な譫語《うわごと》を口走って呻って居た。何ぞ物《もの》怪《のけ》にでも襲われたのか。」

　こう云って尋ねられると、千手丸は恥かしそうに項《うなじ》を垂れて、

「まろは女人のまぼろしに責められたのだ。」

と、声をふるわせて答えるのである。

日を経るままに、だんだん子供らしい快活と単純とが、千手丸の素振や表情から失われて行った。隙さえあれば、彼はこっそり瑠璃光丸の目を盗んで、大講堂の内陣に彳《たたず》みながら、観世音や弥《み》勒《ろく》菩薩の艶《えん》冶《や》な尊容に、夢見るような瞳を凝らしつつ、茫然と物思いに耽って居た。そう云う折に、彼の頭を一杯に填《うず》めて居るものは、唯識論の「外面似菩薩」の一句であった。内心は夜叉に等しいにもせよ、又その姿は幻に過ぎないにもせよ、この山の数《あま》多《た》の堂塔におわします諸菩薩のような人間が、世の中に生きて居るとしたら、どんなに端麗な、どんなに荘厳なものであろう。こう考えると、女人に対する恐怖の念はいつの間にか消滅して、跡に残るのは怪しい憧れ心地であった。薬師堂、法華堂、戒壇院、山王院、——彼は山内到るところの堂宇をさまようて、そこに安置してある本尊だの、脇《わき》士《じ》だの、楣《び》間《かん》を飛《ひ》颺《よう》する天人の群像だのを、飽かずに眺め入りながらうとうとと日を送った。もうこの頃では、年下の児を相手にして、女人の噂などを語り合おうともしなかった。「女人」の二字を口にするのが、瑠璃光丸には何でもない事のように思われるのに、彼には不思議に罪の深い悪事であるように感ぜられて来た。

「自分はなぜ、瑠璃光丸のような無邪気な態度で、女人の問題を扱おうとしないのだろう。眼には尊い御佛の像を拝みながら、なぜ心には浅ましい女人の影が浮ぶのだろう。」

ひょっとしたら、これが煩悩と云うものではないかしらん。――そう気が付くと、彼は身の毛のよだつような心地がした。山の上には煩悩の種がないと云う、上人のお言葉を頼みにしては居るものの、自分はいつしか煩悩の囚人《とりこ》となって居るのではあるまいか。いっそのこと、彼は日頃の胸中の悶えを、上人に打ち明けて見ようかとも思ったが、「たやすく人に打ち明けてはなるまい。」と、絶えず耳元でささやく声が聞えて居た。その悶えは苦しいと同時に甘かった。ただ何となく、大切に蔵《しま》って置きたいようなものであった。

　千手丸が十六になり、瑠璃光丸が十四になった歳の春であった。東塔をめぐる五つの谷には山桜が咲き乱れて、四十六坊をつつむ青葉若葉に、梵鐘の響きが蒸されるような、鬱陶しい、ものうい陽気が続いた。或る日の明け方、二人は上人の仰せをうけて、横《よ》川《かわ》の僧正の許へ使いにやられた帰り路に、人通りの稀な杉の木蔭に腰をおろして、暫く疲れを休めて居た。千手丸はおりおり深い溜息をつきながら、兜《と》率《そつ》谷《だに》の底から立ちのぼる朝靄の、尾上の雲にながれて行くさまを、一心に視つめて居たが、ふと、

「そなたはさぞ、ちかごろの麿の様子を不審に思って居やるだろう。」

　こう云って、にこりともせずに年少の友の方を振りかえった。

「……まろはそなたと浮世の話をし合ってから、女人の事が気にかかって、明け暮れこのように悩んで居る。まろはゆめゆめ、女人に会いたいと思うのではないけれど、耻かしいことには、如来の尊像の前に跪いて、いくら祈願を凝らしても、女人の俤が眼の先にちらついて、片時も佛を念ずる隙がない。何と云う呆れ果てた人間になったのだろう。……」

瑠璃光は驚いて、千手の頬から流れ落ちる涙を見た。泣いて居るからには、千手は定めし真面目なのであろう。それにしても、女人の問題がどうして彼にこれほどの苦悶を与えるのか、その理由が瑠璃光には分らなかった。

「そなたはまだ、出家をするのに一二年間《ま》があるが、まろはことし得度《とくど》するのだと、上人が仰っしゃっていらしった。だが、この忌まわしい根性が直らぬうちは、菩提の道へ志したとて何の効《かい》があろう。たとい六波羅蜜《ろくはらみつ》を修し、五戒を守っても、頭の中の妄想が一期《いちご》の障りとなって、まろは永劫に、輪廻の世界から逃れる事は出来ないだろう。成る程女人は、虚空にかかる虹のような、仮の幻であるかも知れない。しかしわれわれのような愚かな凡夫が、虹をまぼろしと悟るのには、有り難い説教を聴くよりも、いっそ雲の中へ這入って見た方が、容易に合点が行くものだ。それ故まろは、出家をする前に一遍そっと山を下って、女人と云うものを見て来ようと決心した。そうしたらきっと幻の意味が分って、立ちどころに妄想が消え失せるに違いない。」

「そんな事をして、上人に叱られはしないだろうか。」

迷いの雲を打ち拂うために、女人の正体を究めに行くと云う千手の決心は、いかにもいじらしい。けれども瑠璃光には、たった一人の友を恐ろしい浮世へ放してやるのが、心もとなく感ぜられた。琵琶の湖の龍神だの、三上山の蜈蚣《むかで》だのが、出て来たらどうする気だろうか。女人に手足を縛られて、真暗な穴ぐらへ曳き込まれはしないだろうか。萬一生きて帰って来ても、「わしが許すまで山を下りてはなりませぬ。」と、厳しく警《いまし》められた上人の掟を破って、再び山に住むことが出来るだろうか。

「浮世には無数の厄難が待ち構えて居る事は、勿論覚悟して居るのだ。猛獣の牙にかかり、盗賊の刃に脅やかされるのも、佛法修行の一つではないか。過まって命を落しても、こうして煩悩に苦しめられて居るよりは、増しではないか。それに先達《せんだち》の話では、都はここから僅かに二里の道のりで、朝早く山を下れば、晝少し過ぎには帰って来られると聞いて居る。都へ行くのが遠ければ、麓の坂本の宿《しゅく》へ降りても、女人を見ることは出来るそうな。たった半日上人の眼を掠めれば、まろの望みは遂げられるのだ。よしや後になって露顕しても、悟りの道の妨げになる疑惑を晴らす事が出来たら、必ず上人も喜んで下さるに極まって居る。そなたが案じてくれるのは忝《かたじけな》いが、どうぞ止めずに置いてくれ。まろの決心は堅いのだ。」

千手はきっぱりと云い切って、脚下《あしもと》に展けて居る琵琶湖の水面の、暁の霧の中を滑るように昇って行く日輪を眺めながら、

「幸い今日は又とない好い折だ。これから出かければ未の刻には帰って来られる。無事で戻ったら、今宵はそなたに珍しい浮世の話を語って進ぜよう。それを楽しみに待って居るがよい。」

と、瑠璃光の肩へ手をかけて、宥《なだ》め賺《すか》すようにした。

「そなたが行くなら、まろも一緒につれて行ってくれ。」

こう云って、今度は瑠璃光が泣いた。

「恙《つつが》なく帰って来られればよいが、たとい半日の旅にもせよ、そなたの身に若しもの事があったら、いつの世に再び会えるだろう。命を捨てても厭わないと云うそなたと、今ここで別れるような不人情な真似は出来ない。まして上人にそなたの行くえを尋ねられたら、まろは何と云って答えたらよいだろうか。どうせ叱られるくらいなら、そなたと一緒に山を出て見たい。そなたのために修行になるなら、まろのためにも修行になるに極まって居る。」

「いやいや、妄想の闇に鎖されたまろの心と、そなたの胸の中とは、雪と墨ほどに違って居る。浄玻璃《じょうはり》のように清いそなたは、わざわざ危険を冒して、修行をするには及ばないのだ。そなたの体に間違いがあったら、それこそ麿は上人へ申し訳がないではないか。面白い所へ出掛けるのなら、そなたを捨てて行きはしない。浮世はどんなにいやらしい、物凄い土地なのか、運よく命を完うして帰って来たら、まろの迷いの夢もさめて、きっとそなたに委《くわ》しい話をして聞かすことが出来るだろう。そうすればそなたは、自分で浮世を見るまでもなく、幻の意味が分るようになるのだ。だから大人しく待って居るがよい。もし上人がお尋ねになったら、山路に踏み迷って、まろの姿を見うしなったと云って置いてくれ。」

それでも千手は、名残惜しそうに瑠璃光の傍へ寄って、長い間頬擦りをした。物心がついてから一度も離れた例《ためし》のない友と山とに、ちょいとでも別れるのが辛いようでもあり勇ましいようでもあった。彼の感情は、始めて戦場へ出る士卒の興奮によく似て居た。実際死ぬかも知れないと云う懸念と、功を立てて凱旋したらと云う希望とが、小さな胸に渦を巻いた。

二日立っても三日立っても、千手は帰って来なかった。谷へでも落ちて死んだのではあるまいかと、同宿の人々が八方へ手分けをして、山中を残らず捜し廻っても、彼の姿は見えなかった。

「上人さま、わたくしは悪い事をいたしました。先日わたくしは上人さまへうそを申したのでございます。」

こう云って、瑠璃光丸が上人の前に手をつかえて、生れて始めて不妄語戒を犯した事を懺悔したのは、千手が居なくなってから、十日程過ぎた後であった。

「横川から帰る道すがら、千手どのを見失ったと申したのは譃でございます。千手どのはもうこの山には居りませぬ。たとい人に頼まれたとは云え、心にもない偽りを申したのは、わたくしが悪うございました。どうぞお許し下さりませ。なぜわたくしはあの時に、千手どのを止めなかったのでございましょう。」

そう云いながら、瑠璃光丸は畳へひれ伏してくやし泣きに身を悶えた。

自分が兄とも頼んで居た千手丸は、今ごろ何処をうろついて居るだろう。いかなる野末の草に寝《い》ね、露に濡れて居るだろう。半日のうちに戻って来ると、あれ程堅く云い残した言葉を思えば、きっと何か変事があったに相違ない。この上は徒らに山内を捜索するより、浮世を隈なく調べて貰いたい。そうして幸いに生き長らえて居たら、一刻も早く救い出して貰いたい。――瑠璃光丸はそう決心して、叱られる事を覚悟しながら、千手が山を降りた動機を、包まず上人に白状したのであった。

「一旦浮世へ出て行ったからには、大海の中へ石ころを投げたも同然。千手の体は、もうどうなったか分りはせぬ。」

　上人は少年に対して威厳を示すために、ことさら眼をつぶって息を吸い込むようにして、考え深い口調で云った。

「それにしても、お前は妄想に迷わされずによく山に残って居た。年は下でも、お前と千手とは幼い時分から機根が違って居た。――さすがに血と云うものは争われない。」

千手丸は百姓上りの長者の倅、瑠璃光丸はやんごとない殿上人《てんじょうびと》の種である。「血と云うものは争われない。」と云う文句は、二人の器量や品格が比較される度毎に、以前から屡々《しばしば》人の口の端に上って、瑠璃光の耳にも響いて居たが、それを上人から聞かされるのは今日が始めてであった。

「ほしいままに掟を破って、山を脱け出るとは憎い奴だが、そんな愚かな真似をした罰で、憂き目を見て居るだろうと思うと、不便《ふびん》にも感ぜられる。今ごろは犬に食われたか賊に浚われたか、恐らく無事で生きては居まい。もうこの世にはいないものとあきらめて、冥福を祈ってやるとしよう。それにつけてもお前は決して煩悩を起してはなりませぬぞ。千手丸がよい見せしめだ。」

こう云って上人は、悧発らしい、くりくりとした瑠璃光の眼の球を覗きながら、「何と云う賢い児だろう。」と云わぬばかりに、その背筋を撫でてやった。

毎晩瑠璃光はたった一人で、上人のお次の部屋に寝なければならなくなった。別れる時に、「では直き帰って来る。」と云い捨てて、人目にかからぬように、わざと往き来の淋しい崎嶇《きく》たる岨道《そばみち》を、八瀬《やせ》の方へ辿って行った千手丸の後姿が、夜な夜な彼の夢の中で、小さく小さく遠くへ消えた。今になって考えれば、見す見す命を落す事に極まって居たものを、無理にも断念させなかったのは、自分にも罪があるような気がするけれども、あの折自分が一緒に行ったら、どんな禍が待って居ただろうと思うと、彼は己れの幸運を祝福せずには居られなかった。

「これと云うのも、自分には御佛の冥護が加わって居たのだ。自分は飽くまでも上人の仰せを守り、行く末高徳の聖《ひじり》になって、必ず千手丸の菩提を弔ってやろう。」

そう繰り返して、瑠璃光は心に誓った。果して自分が、上人から褒められたほどの鋭い機根を備えて居るなら、いかなる難行苦行にも堪えて、遂には真如法界の理《ことわり》を悟り、妙覚の位を證する事が出来るに違いない。――こう思うだけでも、けなげな彼の頭の中には、信仰の火が燃え上るように感ぜられた。

やがてその年の秋が来た。千手が山を下ってから既に半年の月日が過ぎた。満山の蝉しぐれがうら悲しい蜩《ひぐらし》の声に代り、やがて森の梢がそろそろ黄ばみ始めた時分である。瑠璃光丸は或る日ゆうべの勤行《ごんぎょう》を終って、文殊楼の前の石段を、宿院の方へ降りて行くと、

「もし、もし、あなたさまは瑠璃光丸さまと仰っしゃいますか。」

こう云って、あたりを憚るように、石段の上から小声で呼びかける者があった。

「わたくしは山城の国の深草の里から、主《あるじ》の使で、あなたさまをお尋ね申して参りました。この文を私からあなた様へ、直き直きにお渡し申すように、云い付かって居《お》るのでございます。」

男は楼門の蔭に身を隠して、袂の裏に忍ばせてある文の端を、何か曰《いわ》くがありそうにちらりと示しながら、頻りにぺこぺこお時儀をして瑠璃光をさしまねいた。

「――こう申しただけではお分りになりますまいが、くわしい訳はこれにしたためてございます。この文を、成るべく人目にかからぬように御覧に入れて、是非御返事を伺って参れと云う、主の申し付けでございます。」

瑠璃光は、いやしい奴僕《ぬぼく》の風俗をした、二十《はたち》あまりの薄髯のある男の顔を、胡散《うさん》らしく見守って居たが、何心なく受け取った文の面に眼を落すと、

「おお、千手どのの手だ。」

と、我を忘れて叫ばずには居られなかった。その甲高《かんだか》い調子を、男は制するようにして言葉を続けた。

「さようでございます。よく覚えて居て下さいました。その文の主《ぬし》は、あなたさまと仲好しであった千手丸さま、今の私のあるじでございます。ことしの春、山を降りると程なく恐ろしい人買いに浚われて、長い間いたましい思いをなさいましたが、未だに御運が盡きなかったのでございましょう、ちょうど二た月ばかり前に、深草の長者の許へ下男に売られたのが縁となって、あの優しいみめかたちを長者の娘に見初められて、今ではその家の聟《むこ》になり、何不足ない羨ましい御身分におなりなさいました。ついてはいつぞやの御約束通り、浮世の様子をあなた様へお知らせ申したく、この文を持参いたしたのでございます。浮世は決して、山の上で考えて居たような幻でもなく、恐ろしい所でもない。女人と云うものは、猛

獣や大蛇などに似ても似つかない、弥生の花よりもきらびやかで、御佛のように情深いものだと云うことが、こまごまと書いてある筈でございます。千手丸さまは、長者の娘ばかりか多くの女人に恋い慕われて、明日《あす》は神崎、きょうは蟹島、江口と云うように、処々方々を浮かれ歩いて、二十五菩薩よりもうるわしい遊女の群《むれ》にかしずかれながら、春の野山を狂い飛ぶ蝶々のような、楽しい月日を送っておいでになるのでございます。かほどに面白い浮世とも知らずに、わびしく暮らしておいでになるあなた様の御身の上を考えると、お気の毒でなりませんので、成ろう事ならそっと深草の里へお迎え申して、昔のよしみにこの仕合わせを分けて上げたいと、かように主人は申して居ります。私がお見受け申しても、あなた様は千手丸さまにも勝った美しい、愛らしいお稚児でいらっしゃるのに、こう云う山の中でお果てなさるのは、あまり勿体のうございます。あなた様のようなお立派な御器量のお方が、世の中へお出でになったら、どんなに人々から持て囃されいとしがられるでございましょう。

まあわたくしの申すことが譃かまことか、その文を御覧なすって下さいまし。そうして是非、わたくしと一緒に深草へお出で下さいまし。私はこれから近江の国の堅田の浦へ打ち越えて、あすの明け方には再びここへ戻って参ります。それまでの間によくよく分別をなすって、決心がおつきになったら、誰にも見咎められないように、この楼門の下で私を待っていらっしゃいまし。必ず必ず悪いようにはいたしませぬ。もしあなた様をお連れ申す事が出来たら、主人はどれほど喜ぶでございましょう。」

こう云って、にこにこ笑って居る男の風体が、瑠璃光には訳もなく恐ろしかった。半歳ぶりで思いもかけぬ友の消息を得た嬉しさを、しみじみと味わう暇もなく、自分の一生の運命にかかわる重大な問題を、不意に鼻先へひろげられた彼は、暫く息が詰まるような、眼が眩むような心地に襲われて、戦慄しながら立ちすくんで居た。

「さてもそののちの数々の事ども、いずこに筆を起しいずこに筆をとどむべくそうろうやらむ。みずから山に罷りこし絶えて久しき対面《たいめ》して、まのあたり申し聞えんとおぼえ候えども、一旦掟を破りそうろう身にては、一乗のみね高くそばだちて仰ぐべからず、一味のたに深くたたえて近づきがたしとこそ覚え候え……」

こう書いてある手紙の端を持ったまま、瑠璃光は自分の身を疑うが如く、ただ上《うわ》の空で、ところどころの文言を慌《あわただ》しく読み散らした。「半日がほどにて帰り候わんなど申し候て、かく打ち過しそうろう間、さだめてわれに謀《はか》られたりとおぼし召され候わんこと、かえすがえすもくちおしく心ぐるしくおぼえ候。千手が身に於いては、さるこころがまえ初より露ばかりも候わず、その日のゆうぐれ宿坊へ戻り候わんとてすでに雲母越《きららごえ》にさしかかり候おりふし、俄かに物蔭よりおどり出でたる人のさまにて、浅ましゅう口をふたがれ眼をふたがれて何処《いずく》ともなく舁《か》き行かれそうろうほどのここち、佛罰たちどころにいたりて生きながら三途八難に赴くかとおぼえ候いしぞや。」こう云う殊勝な文句もあれば、また思い切って大胆な、「あらおかしやあらおかしや、」と云う言葉を以て書き起した、神をも佛をも憚らぬような一節が見えた。「あらおかしやあらおかしや、浮世は夢にても幻にても候わず、まことは西方浄土を現じたる安楽国にて候ぞや。きょうこのごろの千手がためには、一念三千の法門も、三諦圓融《さんたいえんゆう》の観行《かんぎょう》も、さらに要ありとも覚えずそうろう。圓頓の行者たらんよりは、煩悩の凡夫たらんこと、はるかに楽しくよろこばしく候ぞかし。かように申しそうろうことをば、かまえて御惑いあるべからずそうろう。

とくとく御《おん》こころをひるがえして、山を降りさせたまうべきなりとおぼえ候。」――これがまさしくあの千手丸の口吻であろうか。あれほど信心深かった、煩悩の二字を呪いに呪って居た千手丸の、これがほんとうの料簡であろうか。その文章の全幅に溢れて居る冒涜な言語と、妙に浮き浮きした調子と、一種人を壓迫するような意気組みとは、瑠璃光の胸に強い反感を挑発すると共に、一方ではそれと同じ強さを以て、長い間頭の奥に潜んで居た「浮世」に対する好奇心が、むらむらと湧いて来るのであった。

「あすの朝まででよろしゅうございますからとっくりとお考えなさいまし。申すまでもございませんが、決して他人に相談をなすってはなりません。この山の坊さんたちの云うことは、みんな真赤な譃でございます。あなた様のような罪のないお稚児に、世の中をあきらめさせようとして、好い加減な気休めを云うのでございます。兎にも角にも、その文をゆっくり御覧になった上、御自分で御分別をなさいまし。ようございますか。」

男は瑠璃光の顔つきに表れて居る狐疑の色を、それと見て取ってそのかすように云った。そうして、いそがしそうに二三度軽く頭を下げて、すたすたと石段を駈け降りて行った。

それでもまだ、瑠璃光の体のふるえは止まらなかった。男は純潔な生一本《きいっぽん》な少年の心に、這入り切れないほどの重苦しい物を托して行った。自分が明日の朝までに用意して置く返答に依って、自分の将来がどうにでもなる。――そんな大事件が、彼の手に委ねられた例《ためし》は嘗てなかった。そう自覚するだけでも、彼は激しい動悸を制することが出来なかった。

夜になっても、不安と興奮とに脳裡を支配されて、彼は到底与えられた問題を、静かに落ち着いて考える訳には行かなかった。長《とこし》えに封ぜられて居た「女人」の秘密を発《あば》き、いたるところに驚異の文字を連ねてある不思議な手紙を、もう少し胸騒ぎが治まってから読み返して見ようと思いながら、そっと机の上に載せたまま、彼は瞑目して一心に佛を念じた。なつかしい舊友の消息ではあるけれど、折角自分が勇猛精進《ゆうみょうしょうじん》の志を堅めて、随縁起行《ずいえんきぎょう》の功を積もうとして居るものを、不意に横あいから掻き乱そうとするのが、恨めしくもあり腹立たしくもあった。

「読めば迷いの原《もと》になる。いっそ焼き捨ててしまおうかしらん。」

こう思う傍から、「そんなに危険を感ずるほど、自分は弱い人間ではない。」と、己れの卑怯を嘲笑《あざわら》う気にもなった。自分が迷うのも迷わぬのも、御佛の思召一つである。浮世が幻でないと云う千手丸の言葉が、果してどれだけ信ずるに足るか、どれだけ自分を誘惑するか。その誘惑に堪えられないくらいなら、自分は御佛に捨てられたのであると、おりおり頭を擡げて来る好奇心が、彼にいろいろの弁解の辞を作らせずには措かなかった。

「………そもそも女人のやさしさ美しさ、絵にも文にもかきつくしがたく、何にたとえ何にくらべてか告げまいらせ候わん。………きのうもよどの津に舟をうかべて、江口ともうすところに参りそうらえば、川ぞいの家々よりあまたの遊女《あそびめ》たち水にさおさして寄りつどい候ありさま、せいしぼさちの降り立ちたまうか、楊柳観世音の仮形《けぎょう》したまうかとあやしまれて、世にもめでたくありがたくおぼえそうらいしに、やがて千手が舟をめぐりて口々に催馬楽《さいばら》をうたいどよもし候えば、何にてもあれ、歌一首きかせてんやと申しそうろうほどに、一人の遊女ふなばたをたたいて、有漏《うろ》路《じ》より無漏路《むろじ》へかよう釈迦だにも、羅睺羅《らごら》が母はありとこそきけと、くりかえしくりかえし、節おかしゅううたい出で候ものか。………」

その前後の文章は、千手が渾身《こんしん》の力をこめて、瑠璃光の道心を突き崩そうとして居るような書き方であった。生れ落ちてから十六年の後、はじめて世間と云うものを見せられた若人《わこうど》の、無限の歓喜と讃嘆とが、そこに声高く叫ばれて居た。或るところでは有頂天になって踊り上り、或るところでは自分を欺いて居た上人を怨み、或るところでは幼馴染の瑠璃光のために、昔に変らぬ友情を誓って、下山をすすめて居るのであった。瑠璃光は今までにこれほど深い読後の印象を、経文の一節からも、他の何物からも受けた事はないように感ぜられた。

「十萬億土の彼方にあると信ぜられて居た極楽浄土は、ついこの山の麓にある。そこには無数の生きた菩薩が居て、自分が行けばいつでも款待してくれる。」――この驚くべき事実は、もはや一点の疑う餘地もない。千手の手紙には書き洩らしてあるけれども、そこには定めて迦陵頻伽《かりようびんが》や孔雀や鸚鵡が囀って居るのであろう。硨磲碼碯《しやこめのう》の楼閣や、金銀赤珠《しやくしゆ》の階道が築かれて居るのであろう。

忽ち瑠璃光の眼の前には、お伽噺にあるような素晴らしい空想の世界が描き出されたのであった。それほど楽しい世界へ降りて行くことが、何故《なにゆえ》悟道の妨げになるのであろう。何故上人は、その世界を卑しみ、その世界から自分たちを遠ざけようとなさるのであろう。彼は誘惑に打ち克とうとする前に、打ち克たなければならない理由を知りたかった。

彼はほの暗い燈火のかげに文を繰り展げて、幾度も読み返しながら、一と晩中、まんじりともせずに考え明かした。自分の智識、自分の理解力のあらゆる範囲から、手紙の事実を否認するに足るだけの、何等かの拠りどころを摑み出そうと藻搔いても見た。我ながらけなげであると思われるほど、良心の声に耳を傾け佛の救いを求めても見た。そうして結局、彼が最後の決心を躊躇させて居るものは、ただ住み馴れた宿院の生活に対する未練と、上人の訓戒が強いる盲目的な畏敬との外には、何も存在しないのであった。

しかし、この二つの物は案外執拗に彼の心を把えていた。彼がどうしても山を降りまいと努めるならば、この二つの感情を、出来るだけ高調するより道はなかった。

「お前は千手丸の言葉を信じて、佛陀の教や上人の警めを信じないのか。勿体なくも佛陀や上人を譃つきだと云うのか。それでお前は済むと思うのか。」

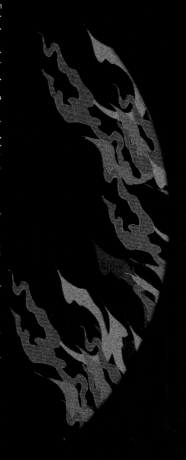

こう、彼は声に出してまで呟いて見た。浮世は千手丸の云うように、きっと面白い所に相違ない。けれどもその面白さに引かされて、十四年来築き上げた堅固な信仰を、一朝にして抛《なげう》ってしまってよいであろうか。自分はこの間から、難行苦行に堪えようと云う誓いを立てては居なかったか。現世の快楽を得られたにしても、そのために佛罰を蒙って、来世で地獄へ堕ちるのであったら、十倍二十倍の苦痛ではないか。

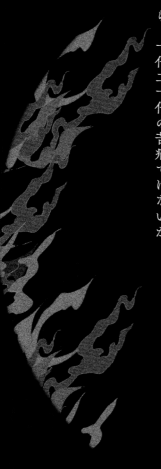

「血と云うものは争われない。………」

この文句が、その時ふと瑠璃光の胸に浮かんだ。自分と千手丸とは幼い折から機根が違って居る。自分には御佛の加護がある。自分が今、運よく「来世の応報」を想い出したのも、必ず御佛の加護に違いない。来世と云うものがある以上、自分はどうして佛罰を恐れずに居られよう。来世の希望があればこそ、上人はわれわれに現世の快楽を禁ぜられたのであろう。千手丸は信じて居ないようであるが、自分は飽く迄も来世を信じ、佛罰を信じよう。それでこそ始めて、自分の機根が優れて居ると云えるではないか。上人が自分を褒めて下すったのは、ここのことを云うのではないか。

その考は、たとえば天の啓示のように瑠璃光の頭上に降って来た。最初は電光の如く閃々《せんせん》ときらめいて居たものが、次第に海の波濤の如くひろがって、ひたひたと瑠璃光の魂を浸し、全身に漲って来た。そのすがすがしい、嚠朗《りゅうろう》たる音楽に酔って居るような心持は、三昧の境地に這入った行者でなければ味い得ない、貴い宗教的感激であるかのように覚えたのであった。瑠璃光は我知らず掌《たなぞこ》を合わせて眼に見えぬ佛を拝んだ。そうして、胸の奥で次の言葉をつづけざまに繰り返した。

「しばしの間でも今生の栄華に心を移して、来世の果報を捨てようとした愚かな罪を、どうぞお許し下さいまし。もうわたくしは二度と再び、今夜のような浅ましい考を起すことはございませぬ。どうぞお許し下さいまし。」

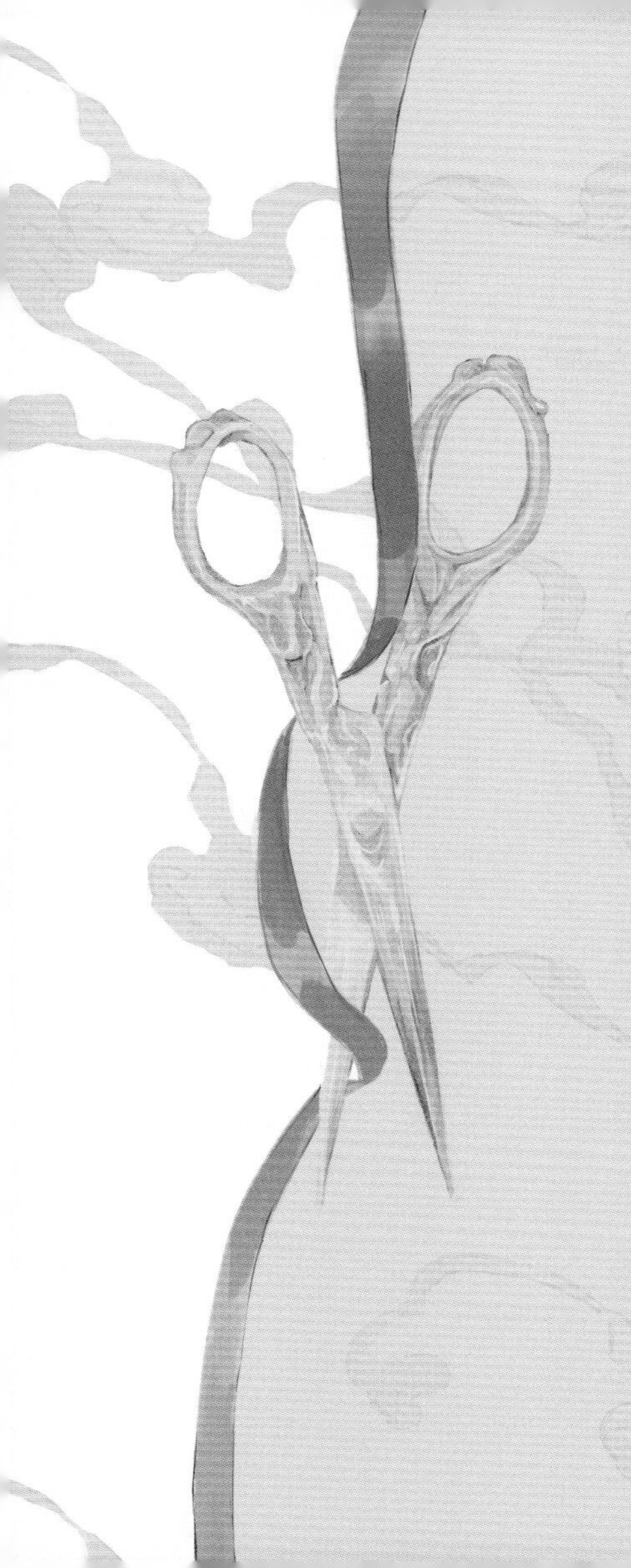

もうどんな事があっても、自分は人の誘惑に乗りはしない。千手丸が現世の快楽に耽りたいと思うなら、独りで勝手に耽るがよい。それで来世は無《む》間《げん》地獄へ真っ倒《さかさ》まに落されて、無量劫の苦しみを忍ぶがよい。その折にこそ自分は西方浄土へ行って、高い所から彼の泣き喚く姿を瞰おろしてやろう。もう何と云われても、自分の信念は揺ぎはしない。自分は危機一髪の際に喰い止めたのだ。もう大丈夫、もうたしかだ。

瑠璃光がそう云う決心に到達した時、長い秋の夜がしろじろと明るくなって、暁の勤行の鐘が朗らかに鳴った。彼は平生より幾層倍も緊張した心を抱いて、今しがた眼を覚ましたらしい上人の居間へ、うやうやしく伺候した。

千手丸の使の男は、その日の朝の卯の刻ごろに、文殊楼の石段のほとりに待って居ると、果してそこへ瑠璃光丸はやって来たが、少年の答は彼の豫期に外れて居た。

「浮世は面白いであろうが、まろには少し仔細があって、山を降りるのを止めにする。まろは女人の情《なさけ》よりも、やはり御佛の恵みの方が有り難い。」

と、瑠璃光は云った。そうして懐から昨夜の文殻を取り出しながら、

「まろは、この世で苦労する代りに、後の世で安楽を享ける積りだと、千手どのに伝えておくれ。この文を持って居ると却って心の迷いになる、どうぞこれも、ついでに持って帰っておくれ。」

男が不思議そうに眼をしばだたいて、何事をか云おうとして居る隙に、急いで瑠璃光は文殻を地に投げ捨てて、後をも見ずに宿房の方へ姿を消した。

かくてその年の冬になった。

「もうお前も、来年は十五になる。千手丸の例もあるから、春になったら早々出家をするがよい。」

と、上人は瑠璃光に云った。

だが、一旦舊友の消息に依って、掻き乱されそうになった彼の心は、一時の情熱で無理に抑えては居たものの、決して長く平静を保っては居なかった。彼の胸にも、だんだん煩悩が曙の光を放ち始めた。嘗て千手丸を苦しめた妄想の意味が、彼にもようよう分りかけて来た。彼も千手丸と同じように、女人の俤を夢に見たり、堂塔の諸菩薩の像に蠱惑《こわく》を感ずる時代となった。どうかすると、彼は千手丸の手紙を返してしまったのが、惜しいような気持がした。ことによったら、また深草から使の男が来はしまいかと、何となく待たれる日もあった。彼は上人に顔を見られるのが恐ろしかった。

けれども、未だに「御佛の冥護」を信じて居る瑠璃光は、千手丸のような無分別な行動を取ろうとはしなかった。彼は或る時上人の前に畏まって、こんな事を云った。

「上人さま、どうぞわたくしの愚かさを憐んで下さいまし。今ではわたくしも、千手どのを嘲笑うことが出来ない人間になりました。どうぞ私に、煩悩の炎を鎮める道を、女人の幻を打ち消す方法を、授けて下さいまし。解脱の門に這入るためには、どんなに辛い修行でも厭わぬ覚悟でございます。」

「お前はそれを、よくわしに懺悔してくれた。見上げた心がけだ。感心な稚児だ。」

と、上人が云った。

「そう云う邪念が萌《きざ》した時には、偏《ひと》えに御佛の御慈悲にお縋り申すより仕方がない。これから二十一日の間、毎日怠らず水垢離《みずごり》を取って、法華堂に参籠するがよい。そうすればきっと御利益《ごりやく》に与って、忌まわしい幻を打ち拂うことが出来るだろう。」

こう上人が教えてくれた。

ちょうどその明くる日から二十一日目の、満願の夜であった。瑠璃光が堂内の柱に靠れながら、連日の疲労の結果とろとろと居睡りをして居ると、夢の中に気高い老人の姿が現れて、頻りに彼の名を呼んで居るらしかった。

「わしはお前によい事を知らせて上げる。お前は前世《さきのよ》で、天竺《てんじく》の或る国王の御殿に仕えて居る役人であった。その時分、そこの都に一人の美しい女人が居て、お前を深く恋い慕って居た。しかしお前は、その頃から道心の堅固な、情慾に溺れない人間であったため、女人はどうしてもお前を迷わす事が出来なかったのだ。お前は女人の色香を斥《しりぞ》けた善因に依って、この世では上人の膝下に育てられ、有り難い智識を授かる身の上になったが、お前を慕うて居た女人も、未だにお前を忘れかねて、姿を変えてこの山の中に住んで居る。お前が女人の幻に苦しめられて居るなら、その女に会ってやるがよい。その女は、お前を迷わせようとした罪の報いで、この世では禽獣の生《しょう》を享けたが、貴い霊場を棲み家として、朝夕経文を耳にしたために、来世には西方浄土に生れるのだ。

そうして、漸く極楽の蓮華の上で、お前と共に微妙の菩薩の相を現じて、尽十方《じんじっぽう》の佛陀の光明に浴するのだ。その女は今、独りでこの山の釈迦が嶽の頂きに、手疵《てきず》を負うて死のうとして居る。早くその女に会ってやるがよい。そうしたら、その女はお前より先に阿弥陀佛の国へ行って、お前の菩提心を蔭ながら助けてくれるだろう。お前の妄想は必ず名残なく晴れるだろう。――わしはお前の信仰を賞《め》づる餘り、普賢菩薩の使者となって兜率天から降りて来たものだ。お前の信仰が行くすえ長く揺がないように、この水晶の数珠を与える。決してわしの言葉を疑うてはなるまいぞ。」

瑠璃光がはっとして我に復《かえ》った時、もう老人の姿は見えなかったにも拘らず、彼の膝の上には、正しく水晶の数珠が暁の露のように、珊々《さんさん》と輝いて居た。

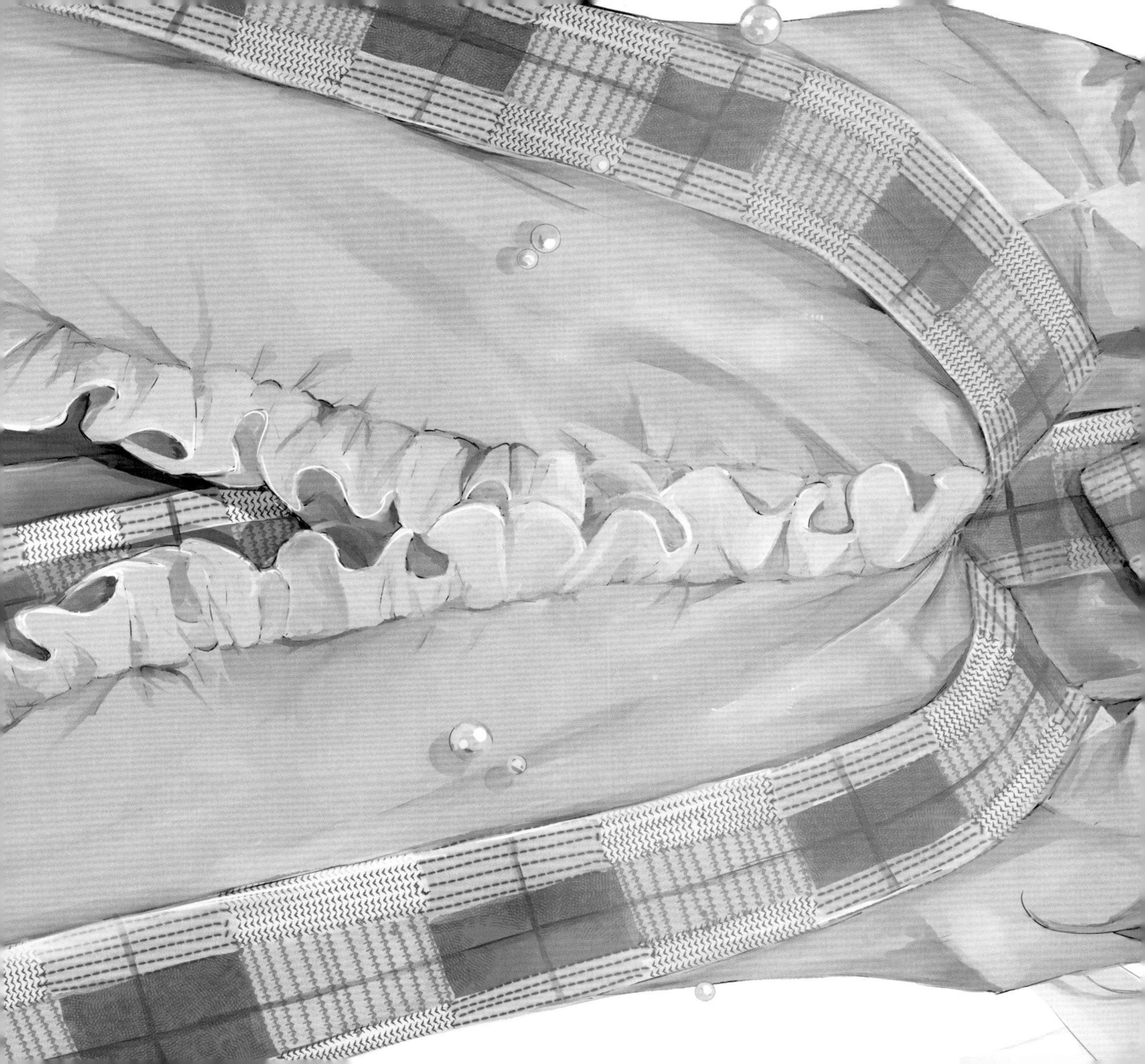

十二月も末に近い朝まだきの、身を切るような寒風の中を、釈迦が嶽の頂上へ登ろうとするのは、いたいけな稚児に取って、三七日の水垢離に増す難行であろうものを、浅からぬ三世の宿縁を繋いで居る女人の、現世の姿に会いたさに、嶮しい山路を夢中で辿って行く瑠璃光には、何の苦労も何の障礙《しょうがい》も感ぜられなかった。途中から霏々《ひひ》として降り出した綿のような雪さえも、彼の一徹な意志と情熱とを、ますます燃え上らせる薪に過ぎなかった。見る見るうちに天も地も谷も林も、浩蕩《こうとう》たる銀色に包まれて行く間を、彼は幾たびか躓き倒れながら進んだ。

ようよう頂上に達したと思われる頃であった。渦を巻きつつ繽紛《ひんぷん》として降り積る雪の中に、それよりも更に真白な、一塊の雪の精かと訝しまれるような、名の知れぬ一羽の鳥が、翼の下にいたましい負傷を受けて、点々と真紅の花を散らしたように血をしたたらせながら、地に転げて喘ぎ悶えて苦しんで居た。その様子が眼に留まると、瑠璃光は一散に走り寄って、雛をかばう親鳥の如く、両腕に彼女をしっかりと抱き締めた。そうして、声も立てられぬほどの嵐の底から、弥陀の称号を高く高く唱えて、手に持って居た水晶の数珠を彼女の項《うなじ》にかけてやった。

瑠璃光は、彼女よりも自分が先に凍え死にはしないかと危ぶまれた。彼女の肌へ蔽いかぶさるようにして、顔を伏せて居る瑠璃光の、可愛らしい、小さな建築のような稚児輪の髪に、鳥の羽毛とも粉雪とも分らぬものが、頻《しき》りにはらはらと降りかかった。

※本書には、現在の観点から見ると差別用語と取られかねない表現が含まれていますが、原文の歴史性を考慮してそのままとしました。

乙女の本棚シリーズ

［左上から］

『女生徒』太宰治＋今井キラ／『猫町』萩原朔太郎＋しきみ
『葉桜と魔笛』太宰治＋紗久楽さわ
『檸檬』梶井基次郎＋げみ
『押絵と旅する男』江戸川乱歩＋しきみ
『瓶詰地獄』夢野久作＋ホノジロトヲジ
『蜜柑』芥川龍之介＋げみ／『夢十夜』夏目漱石＋しきみ
『外科室』泉鏡花＋ホノジロトヲジ
『赤とんぼ』新美南吉＋ねこ助
『月夜とめがね』小川未明＋げみ
『夜長姫と耳男』坂口安吾＋夜汽車
『桜の森の満開の下』坂口安吾＋しきみ
『死後の恋』夢野久作＋ホノジロトヲジ
『山月記』中島敦＋ねこ助
『秘密』谷崎潤一郎＋マツオヒロミ
『魔術師』谷崎潤一郎＋しきみ
『人間椅子』江戸川乱歩＋ホノジロトヲジ
『春は馬車に乗って』横光利一＋いとうあつき
『魚服記』太宰治＋ねこ助
『刺青』谷崎潤一郎＋夜汽車
『詩集『抒情小曲集』より』室生犀星＋げみ
『Kの昇天』梶井基次郎＋しらこ
『詩集『青猫』より』萩原朔太郎＋しきみ
『春の心臓』イェイツ（芥川龍之介訳）＋ホノジロトヲジ
『鼠』堀辰雄＋ねこ助
『詩集『山羊の歌』より』中原中也＋まくらくらま
『人でなしの恋』江戸川乱歩＋夜汽車
『夜叉ヶ池』泉鏡花＋しきみ
『待つ』太宰治＋今井キラ／『高瀬舟』森鷗外＋げみ
『ルルとミミ』夢野久作＋ねこ助
『駈込み訴え』太宰治＋ホノジロトヲジ
『木精』森鷗外＋いとうあつき
『黒猫』ポー（斎藤寿葉訳）＋まくらくらま
『恋愛論』坂口安吾＋しきみ
『二人の稚児』谷崎潤一郎＋夜汽車

全て定価：1980円（本体1800円＋税10%）

『悪魔　乙女の本棚作品集』
しきみ

定価：2420円（本体2200円＋税10%）

二人の稚児

2024年 2月13日　第1版1刷発行

著者　谷崎 潤一郎
絵　夜汽車

編集・発行人　松本 大輔
編集長　山口 一光
デザイン　根本 綾子(Karon)
協力　神田 岬
担当編集　切刀 匠

発行：立東舎
発売：株式会社リットーミュージック
〒101-0051 東京都千代田区神田神保町一丁目105番地

印刷・製本：株式会社広済堂ネクスト

【本書の内容に関するお問い合わせ先】
info@rittor-music.co.jp
本書の内容に関するご質問は、Eメールのみでお受けしております。
お送りいただくメールの件名に「二人の稚児」と記載してお送りください。
ご質問の内容によりましては、しばらく時間をいただくことがございます。
なお、電話やFAX、郵便でのご質問、本書記載内容の範囲を超えるご質問につきましてはお答えできませんので、
あらかじめご了承ください。

【乱丁・落丁などのお問い合わせ】
service@rittor-music.co.jp

Printed in Japan　ISBN978-4-8456-3965-6
定価1,980円(1,800円+税10%)